おはなし日本文化

書道

かっこいいキミと、一《いっ》筆《ぴつ》！

神戸遥真《こうべはるま》 作
藤本《ふじもと》たみこ 絵
北村多加《きたむらたか》 監修／書

講談社

1. はじめての書道

ある日、お母さんにこんなことを言われた。

『もうちょっとノートの字、きれいに書けないの？』

つまり、わたしの字がとってもヘタだってこと。

自分でも、上手な字じゃないことくらいはわかってる。でも、つづけられたこんな言葉には納得《なっとく》できない。

『女の子なんだから。あんまり字がきたないと、はずかしいでしょ。』

お母さんのこういう注意はいつものこと。女の子なんだからきちんとした格好《かっこう》をしなさい、足をひらいて座《すわ》っちゃいけません、きれいに食べなさい、などなどなど……。いつものことだけど、やっぱり今日ももやっとする。

字がきたないことに、女の子かどうかって関係ある？

わたしには、女の子らしいかより、かっこいいかのほうが大事なのに。

そんなふうにもやもやしていたあるとき、わたしは気がついた。

今月の席がえでとなりの席になった、早乙女大地《さおとめだいち》くんの字が、とてもきれいであることに。

大地くんは四年生の三学期という、なんとも中途半端《ちゅうとはんぱ》な時期に転校してきた男の子。物静かで目立つタイプではなく、五年生になって同じクラスになっても、あまり接点《せってん》がないままだった。

そんな大地くんの字は、とても整っていた。国語の授業《じゅぎょう》でノートをとりきれなかった部分があり、休み時間にノートを見せてもらったんだけど、その字はまるで書写のお手本のようだったのだ。

字がきれいな男子がいるんだから字がきたない女子がいてもいいのでは、などと考えたわたしは、それ以来、なんとなく大地くんのことが気になっている。

そして、夏休みまであと一か月という、六月のおわりのこと。

学校帰りに、仲よしのアイちゃんと交差点のところでわかれた直後、一人で歩いている大地くんを見かけた。

あんなふうにきれいな字を書く大地くんは、どんな家に住んでるんだろう。

そんな疑問《ぎもん》をおさえきれず、こっそりひっそり大地くんのあとをつけることにした。角をいくつか曲がり、住宅街《じゅうたくがい》を進んでたどりついたのは、瓦屋根《かわらやね》で木造平屋建《もくぞうひらやだ》ての一軒家《いっけんや》。その家に、大地くんは迷《まよ》うことなく入っていった。

大地くんの姿《すがた》が見えなくなってから、家の前まで行ってみた。なんとも趣《おもむき》のある家。こういう家を、古民家と呼《よ》ぶんだっけ。ここに、きれいな字のヒミツが……？

そのとき、門柱に木製《もくせい》の看板《かんばん》がかかげられていることに気がついた。

『筆井《ふでい》書道教室』

「うちに用かな？　あ、もしかして、体験希望者？」

急に話しかけられ、ドキンとして声のほうを見る。庭から顔を出したのは、わたしのお母さんより少し若《わか》そうな雰囲気《ふんいき》の、大人の女の人だった。

「わたしは筆井聡子《さとこ》。この家で、書道教室をやってるの。」

その女の人が、はきはきと自己紹介《じこしょうかい》をした。わたしもドギマギしながら
「隅田心桜《すみだこころ》です」と自己紹介《じこしょうかい》し、学校名とクラスを伝える。

すると、筆井先生はたちまち顔を明るくした。

「大地のクラスの子なんだ！　よかったら、話を聞かせてほしいな。あ、ついでに体験もしていってよ！」

先生は長い髪《かみ》を頭の高いところでキュッと一つに結《ゆ》っていて、見るからに明るく気さくそうな雰囲気《ふんいき》。怖《こわ》い人ではなさそうで少しホッとし、質問《しつもん》した。

「大地くんの、お母さんですか？」

すると、先生はケラッと笑う。

「わたしは大地の叔母《おば》。わたしの姉が、大地の母親。」

そうなんだ。考えてみれば、大地くんの苗字《みょうじ》は早乙女で、筆井じゃない。

それから、わたしはあわてて遠慮《えんりょ》した。

「わたし、字がヘタで。書写とか習字とか、得意《とくい》じゃなくて……。」

すると、先生はほがらかに説明してくれる。

「書道は、字をきれいに書くことだけが目的じゃないんだよ。」

「そうなんですか？」

「学校の授業《じゅぎょう》では、たしかに整った字を書くことを目的としてるかもしれない。でも、書道はもっとはばがひろいっていうのかな。芸術的《げいじゅつてき》な表現《ひょうげん》もふくむんだよ。」

芸術《げいじゅつ》、というと、音楽とか美術《びじゅつ》ってイメージしかなかった。そこに、書道もふくまれるの？

「だから、気負わず試《ため》しにやってみない？」

そんなこんなで、先生はさくっとうちに連絡《れんらく》してお母さんの許可《きょか》をとりつけ、わたしを家のなかに案内した。

教室は和室なのかと思いきや、学校みたいな長机《ながづくえ》といすのある板ばりの洋室だった。壁《かべ》にはいろんな書道の作品がかざってあり、読めない漢字もたくさんある。ほかに生徒はいない。

先生は小学校の様子やクラスでの大地くんのことなどをわたしに聞きながら、テキパキと道具を用意している。

「大地ってば、学校のことをあんまり話してくれないから、気になってたんだ。問題なくやれてるようなら、よかったよ。」

そうして座《すわ》って待っていると、机《つくえ》の上に筆などの道具がならべられた。

「筆、紙、硯《すずり》、墨《すみ》の四つの道具を文房四宝《ぶんぼうしほう》と呼《よ》びます。」

わたしが学校で使っている書道セットにもふくまれている道具類。だけど、こんな呼《よ》び名《な》があるなんて知らなかった。文房四宝《ぶんぼうしほう》、ちょっとかっこいい。

まずは正しい座《すわ》り姿勢《しせい》の確認《かくにん》。

机《つくえ》の正面に座《すわ》り、背《せ》すじはのばす。鉛筆《えんぴつ》とはちがい、筆はつまむように持ち、紙と直角になるように立てる。書写の授業《じゅぎょう》でも基本《きほん》の姿勢《しせい》は習ったけど、もうすっかり忘《わす》れちゃっていた。筆を立てて持つのってむずかしい。

墨汁

「それじゃあ、なんでもいいから好きな字を一つ書いてみてもらえる？」

「好きな字？」

とっても迷《まよ》う。迷《まよ》ったあげく、わたしは『桜《さくら》』という文字を半紙いっぱいに大きく書いてみた。どうせ字がきたないのなら、書きなれている自分の名前の字がいいかと思ったのだ。

墨液《ぼくえき》をふくませた筆を、えいやっと半紙の上で動かしてみる。

……うーん、やっぱり、いまいち。

字が曲がっているし、バランスが悪いというかなんというか。お母さんに言われた『字がきたない』って言葉を思い出しつつ、先生のほうを見る。

「心桜ちゃんは、元気いっぱいなのが字からもわかるね！　元気といきおいがあるのは、とってもいいと思う。」

先生は、きたないともヘタだとも言わなかった。字をこんなふうにほめられたのは、はじめてかも。

「この長所を活《い》かせるように、少しだけ基《き》礎《そ》練習してみよう。」

そうしてやることになったのは、たて線と横線の練習。

「まっすぐに、たてと横の線を書く練習です。」

最初に、先生がお手本を見せてくれた。呼吸《こきゅう》を整えるようにして筆をそっ

と紙にのせ、ぐっと穂先《ほさき》に力をこめる。墨液《ぼくえき》を吸《す》った黒い穂先《ほさき》がぐにっと動くさまはなんだか生きもののようでおもしろかった。スススッと筆は横に動いて、最後はしっかりとめられる。

きれいで力強い、漢字の「一」のできあがり。

「墨《すみ》はたっぷりつけて、筆がななめにならないように……。」

アドバイスをもらいながら、わたしは半紙にたくさんの横線を書いていった。漢字の「一」くらいわたしにも書けるだろうと思っていたのに、まっすぐな線を書くのも、きれいにとめるのもむずかしい。こんな練習、学校じゃたくさんはやらなかった。

なんだかこれ、ダンスのステップの練習みたい。

わたしは今年の春まで、ダンススクールに通っていた。ダンスも最初は体力作りやストレッチ、かんたんなステップといった基礎《きそ》練習のくりかえし。字を書くのにも、同じような練習が必要だったってこと？

そう考えると、字がきたないのも、単純《たんじゅん》に基礎《きそ》練習が足りていなかったからではという気がしてきた。学校でも字の書き方は習う。けど、筆でまっすぐに線を書く練習を、こんなにはたくさんやってない。

横線をたくさん書いたあとは、たて線。少しずつだけど線がまっすぐになってきた。半紙数枚《すうまい》に線をたくさん書いたところで、先生にとめられた。

「それじゃあ、もう一回、『桜《さくら》』って字を書いてみようか。」

姿勢《しせい》を正し、筆をまっすぐに立てる。たてと横の線を意識《いしき》して書いたら、さっきより少し時間がかかった。

「心桜ちゃん、どう思う？」

先生に聞かれ、言葉を考えた。

「ヘタ……だけど。さっきよりはいい感じ、かも？」

最初に書いた『桜《さくら》』は、線の太さもまちまちでバランスも悪く、なんだかよろっとしていた。今にも転びそう、みたいな感じ。

でも、今書いた『桜《さくら》』は、どの線もまっすぐ。さっきより堂々《どうどう》としてる。
ちょっとの練習で、こんなに変わるんだ。

ほう、と肩《かた》の力を抜《ぬ》いてふと気がつく。いつの間にか、教室のすみのほうに大地くんが座《すわ》っている。お手本を見ながら、字を書いているようだ。

背《せ》すじがのびた姿勢《しせい》、集中したまなざし、すっと動く筆、半紙に書かれていくまっすぐで太い線。りんとした緊張感《きんちょうかん》のある空気に、こちらまでつい息をとめる。

――やがて、大地くんが静かに筆をおいた。

書かれたのは、『雲海』の二文字。

つい腰《こし》をうかせてまじまじとそんな様子を見ていたら、バチンと目があった。「何？」と問いたげな顔をされ、わたしは「なんでもないです」と言うように首を横にふって、目をそらす。

ドキドキと心臓《しんぞう》が鳴る。

大地くんの書いた『雲海』は、とってもかっこよかった。

そして、自分が書いた『桜《さくら》』を見る。

わたしも、あんなふうに、かっこよく書けたらいいのに。


ほかの生徒たちもちらほらと教室に集まってきて、わたしは家に帰ることにした。あんまり寄《よ》り道《みち》するのもよくないしね。

「もし興味《きょうみ》があったら、また来てね！」

筆井先生に頭をさげてお礼を伝え、わたしは家路についた。

通っていたダンススクールが都合によりこの春になくなってしまい、今、わたしは何も習いごとをしていない。ちょうど、お母さんとべつのダンススクールを探《さが》すか、新しい習いごとをしてみるか相談していたところだった。

こういう〝かっこいい〟も、ありかもしれない。

もらった教室のチラシを、お母さんに見せてみようって決めた。

2. わたしのかっこいい

筆井書道教室の壁《かべ》には、いろんな書《しょ》がかざられている。文字の形も雰囲気《ふんいき》もさまざま。

「これもぜんぶ、書道なんですか？」

質問《しつもん》すると、先生が教えてくれた。

「そう。これは、それぞれ書体がちがうんだよ。」

学校で習うきっちりした文字は楷書《かいしょ》、流れるような線で書かれたものが行書《ぎょうしょ》・草書で、草書は日本のひらがなのもとになった書体だそう。

「漢字の起源《きげん》は、今から三千五百年くらい前の中国の殷《いん》の時代の『甲骨文字《こうこつもじ》』だといわれてるの。そのあと、篆書《てんしょ》や隷書《れいしょ》という書体ができて、この楷書《かいしょ》などにつながる。これらの書体からひらがなやカタカナが生まれたなんて、おもしろいよね。」

文字の歴史《れきし》なんて、考えたこともなかった。

そんなふうにいろんなことにくわしい筆井先生の教室に、わたしは七月から通うことになった。お母さんも書道教室には大賛成《だいさんせい》だったし、わたしもかっこいい字を書けたらいいなって思ってる。

書道教室では、毎月学年ごとに決まった課題があり、その字を練習して提《てい》出《しゅつ》することになっている。今月の五年生の課題は『永遠《えいえん》』。

その日、教室にいた五年生はわたしと大地くんだけ。わたしたちはそろって筆井先生の説明を聞いた。

書体

文字の書き方の種類のこと。

漢字には篆書《てんしょ》、隷書《れいしょ》、草書《そうしょ》、行書《ぎょうしょ》、楷書《かいしょ》の五つの書体があります。

篆書

隷書

草書

行書

楷書

『永《えい》』っていう字には、楷書《かいしょ》の筆づかいの八つの基本《きほん》がすべてふくまれています。これを、永字八法《えいじはっぽう》といいます。」

楷書《かいしょ》の筆づかいの八つの基本《きほん》は、つぎのとおり。

①側（ソク）：点のこと
②勒（ロク）：横画のこと
③努（ド）：たて画のこと
④趯（テキ）：はねのこと
⑤策（サク）：短い横画のこと
⑥掠（リャク）：左はらいのこと
⑦啄（タク）：短い左はらいのこと
⑧磔（タク）：右はらいのこと

「心桜ちゃんははじめたばかりだし、いい練習になるんじゃないかな。」

『永遠《えいえん》』のお手本をあらためて見た。はらいの練習はまだやっていないのでむずかしそうだけど、ちゃんと書けたらかっこよさそうな字だ。
わたしのとなりの席で、大地くんはさっそく筆に墨液《ぼくえき》をふくませている。

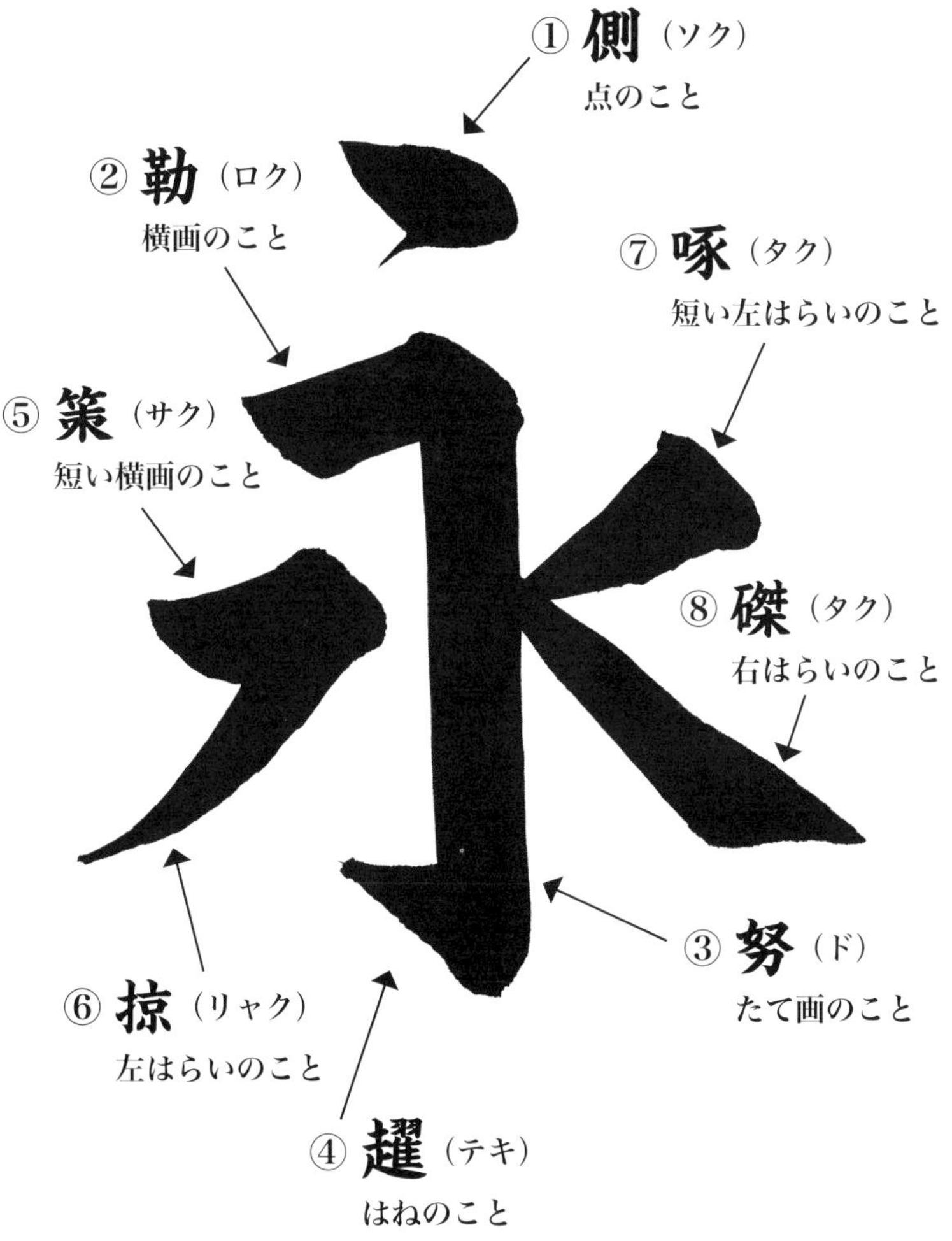

大地くんの所作のひとつひとつには、いつもベテランっぽさが漂《ただよ》う。この家で筆井先生と暮《く》らしているらしいし、書道歴《しょどうれき》が長いのかも。

わたしは小さな声で「ねぇねぇ」と話しかけた。

「大地くんって、書道、どれくらい習ってるの？」

返事を待ったけど、返事がないどころか、こちらを見ようともしない。

「ねぇ、聞いてる？」

「それ、こたえて意味ある？」

大地くんは筆を手にしたまま横目でこちらを見た。

「隅田さん、書道やるようなキャラじゃないし。どうせすぐやめそう。」

思わぬ冷たい反応《はんのう》にかたまっていたら、大地くんはスッスッと『永《えい》』の字を書いた。

――なんてことがあったと話すと、アイちゃんがうなずいた。

「わかるわかる。心桜って、書道やるように見えない。」

まさかの親友の言葉に、「うっそー」と声を大にする。

あと一週間で夏休みという七月のある日、お昼休みに教室の外、ベランダに出てわたしはアイちゃんとおしゃべりしていた。教室で一人静かに本を読んでいる大地くんの姿《すがた》が窓《まど》ごしに見える。

「わたしって、そんなに書道が似合《にあ》わない？」

「なんていうか……いつもにぎやかで、身体《からだ》を動かしてるイメージじゃん。静かに字を書いてるとか、あんまり想像《そうぞう》できない。」

たしかに、わたしはおしゃべりが好きだし、身体《からだ》を動かすのも好き。大地くんみたいに、静かに読書とかするようなタイプでもない。

「それに書道って、なんとなく地味な感じじするし。」

アイちゃんのそんな言葉に、わかる部分もあった。前はわたしも、お母さんにあれこれ言われるたびに、「字なんて」と思っていた。なんとなく、インドアなイメージもある。

「心桜って、〝かっこいい〟が好きじゃん？」

さすがアイちゃん、わたしのことをよくわかってる。

わたしは、かっこいいが好きだ。

アイちゃんとかクラスの子たちはかわいい好きが多いけど、わたしは断然《だんぜん》かっこいい好き。ふんわりしたピンクやパープルより、パキッとした赤や青が好き。フリルのついたスカートより、動きやすいパンツのほうが好き。

それもこれも、あこがれている子役で、モデルまでやっているかっこいい女の子、ミソラちゃんの影響《えいきょう》なんだけどね。

そして、そんなミソラちゃんが言ってた、大好きな言葉を思い出す。

「『何がかっこいいかを決めるのは、自分』だからね！」

「それ、またミソラちゃんの名言？」

「そう！　かっこいい字が書けるのは、かっこいいよ。」

お昼休みのおわりをつげる、チャイムが鳴った。

ベランダから自分の席にもどると、「あのさ」と、ふいに声をかけられた。

「え、何か用？」

思いがけず、となりから話しかけてきたのは大地くん。用事がないときはまず話しかけてこないので、ついそんなふうに聞いてしまった。

「用は、ないけど。」

少しもごもごしてから、大地くんは言葉をつづけた。

「書道って、かっこいいよりは、地味《じみ》寄《よ》りじゃない？」

「……もしかして、ベランダで話してたの、聞こえてた？」

「隅田さん、声、大きいから。」

なんだかはずかしい。少し顔が熱くなる。

「……『雲海』。」

「『雲海』？」

「はじめて体験に行ったとき、大地くんが書いてたじゃん、あれ、すごくかっこよかったから。わたしのなかでは、書道は〝かっこいい〟でいいんだよ。」

「……『雲海』は、たしかにかっこいい字かもね。」

そう小さな声でこたえ、大地くんは黒板のほうに目をもどした。

わたしがかっこいいと思ったのは、『雲海』って字もそうだけど、字を書く大地くんの姿《すがた》そのものだった。微妙《びみょう》に言いたかったことが伝わっていない気がする……。

もう一度説明するか迷《まよ》っていたら、担任《たんにん》の先生が教室にやってきて、わたしはあわてて机《つくえ》から教科書を出した。

わたしの〝かっこいい〟が伝わったのかもしれない。あれ以来、大地くんは、話しかけると最低限《さいていげん》の返事をしてくれるようになった。

「見て見て、ここのはね、かっこよくない？」

「見てほしいなら先生に言いなよ。」

こんな感じでまぁちょっと冷たいけど、ムシされるよりはずっといい。

そうして、今日もレッスンをおえた。さっさと教室を出ていこうとする大地くんに、筆井先生が「これ見た？」とスマホの画面を見せている。

「……興味《きょうみ》ない。」

「そんなこと言わないでさー。」

そんなやりとりがつい気になって、大地くんの背後《はいご》からこっそり先生のスマホを見た。思わず、「あ！」と声がもれてしまう。

「ミソラちゃん！」

わたしの推《お》しのミソラちゃん。すごい、今度、ジュースの広告《こうこく》に起用され

たんだ！
NEWS
芸能・エンタメニュース
大人気モデル　ミソラさん
清涼飲料水広告に起用され大好評

「心桜ちゃん、ミソラのこと知ってるの？」

「はい！　推《お》しです！　大好きです！」

なんてこたえたところ、大地くんがなんとも微妙《びみょう》な顔になった。

なんで……と考えて、ふと気がつく。

ミソラちゃんのフルネームは、早乙女美空《みそら》。そして、大地くんの名前は早乙女大地。先生が、大地くんにミソラちゃんの広告《こうこく》を見せていたということは……。

「もしかして、知り合い？　親戚《しんせき》とかだったり……なんて？」

大地くんはこたえず、先生がこそっと教えてくれた。

「ここだけのヒミツだけど。ミソラは、大地の双子《ふたご》の姉なんだよ。」

双子《ふたご》……双子《ふたご》!?　ミソラちゃんと大地くんが!?

大地くんは顔をけわしくし、「なんで教えちゃうんだよ」と抗議《こうぎ》する。

「この状況《じょうきょう》でかくしたら、心桜ちゃんも気になるでしょ。」

興奮気味《こうふんぎみ》のわたしから顔をそむけ、大地くんはだまって教室を出ていった。

3. いろんな書道

「ミソラちゃん、秋にうちの近所に来るってよ。」

ソファでゴロゴロしながら、大地くんとミソラちゃんのことをぐるぐる考えていたわたしは、お母さんのそんな言葉にはねおきた。

近所ってことは、筆井先生のおうち？　なんてとっさに考えたけど、もちろんそんなことはなく。お母さんが見せてきたのは、何かのチラシだった。

『秋のコミュニティフェスティバル』

食べもの屋さんなどのお店や、ステージパフォーマンスがある地域《ちいき》のイベントのよう。

そのステージパフォーマンスのゲスト司会者が、なんとミソラちゃん。

大地くんに聞いても、ミソラちゃんのことは何も教えてもらえなかった。

叔母《おば》さんと暮《く》らしているという大地くんには、何か事情《じじょう》があるんだろうなと前々から思ってはいたけど。双子《ふたご》のミソラちゃんと仲が悪いとか、そういうことなのかな……。

「お母さん、このおまつりの実行委員なのよ。」

お茶をいれながらそう言ったお母さんは、ふだんは市役所で働いている。

こういう仕事もやるんだ。

「これ、わたしも行ってもいいの？」

大地くんのことは気になりつつ、ミソラちゃんにはやっぱり会ってみたい。

「もちろん。というか、これに応募《おうぼ》してみない？」

そうチラシの裏面《うらめん》を見せられた。『小学生パフォーマー大募集《だいぼしゅう》！』の文字。

「ダンスとか楽器演奏《えんそう》とか、お友だちといっしょにやりたいことがあったら教えてね。」

ミソラちゃんが来るおまつりでステージパフォーマンスなんて、おそれ多いしはずかしい。

とはいえ、ミソラちゃんが来るからこそ、何かやってみたい気もする。友だちとやれること、なんてあるかなぁ……。

少し前に夏休みに入り、学校で友だちと会う機会もしばらくはない。仲のいい子にはもちろんスマホで連絡《れんらく》はとれるけど、いきなりステージパフォーマンスをしたい、なんて連絡《れんらく》して、やってくれる子はいるかな。

そんなふうに考えながら、週に一度の書道教室へむかった。少し早めにつくと、筆井先生が玄関先《げんかんさき》で宅配便《たくはいびん》をうけとっているところだった。

「心桜ちゃん、こんにちは。」

先生がうけとったのは片手《かたて》で持てるサイズの小包。ついまじまじ見ていたら、「見せてあげようか?」と聞かれてうなずいた。

玄関《げんかん》にならんで座《すわ》り、先生が小包をあける。出てきたのは、紺色《こんいろ》の制服《せいふく》を着て、刀をかまえている男子と女子が表紙の文庫本。タイトルは『学園《がくえん》ソードロワイヤル』、ライトノベルみたいだ。

「先生、こういうの読むんですか？」

「読まなくもないけど。この字、わたしが書いたんだよ。」

びっくりして本に顔を寄《よ》せた。

『学園ソードロワイヤル』というタイトルは、言われてみれば、たしかに筆で書いたような字だ。

「先生の書道が本になってるの？　すごい！　かっこいい！」

「こういうのを、デザイン書道っていうんだよ。大河《たいが》ドラマの題字とか、商品のパッケージとか、そういうところにも書道は使われてるんだよ。」

本の表紙をあらためて見た。イラストはかっこよく、いかにもバトルものって雰囲気《ふんいき》。いきおいのある筆文字がよくあってる。

「先生は、書道教室のほかに、こういう仕事もしてるんですか？」

「依頼《いらい》があればたまにね。」

書道は芸術《げいじゅつ》、というのを実感できた。

「ほかにも、アートとしての現代書《げんだいしょ》とか、書道パフォーマンスとか、いろいろあるんだよ。いずれにしても、大事なのは書の心だけどね。」

その言葉に、わたしのアンテナが反応《はんのう》した。

「書道のパフォーマンスがあるの!?」

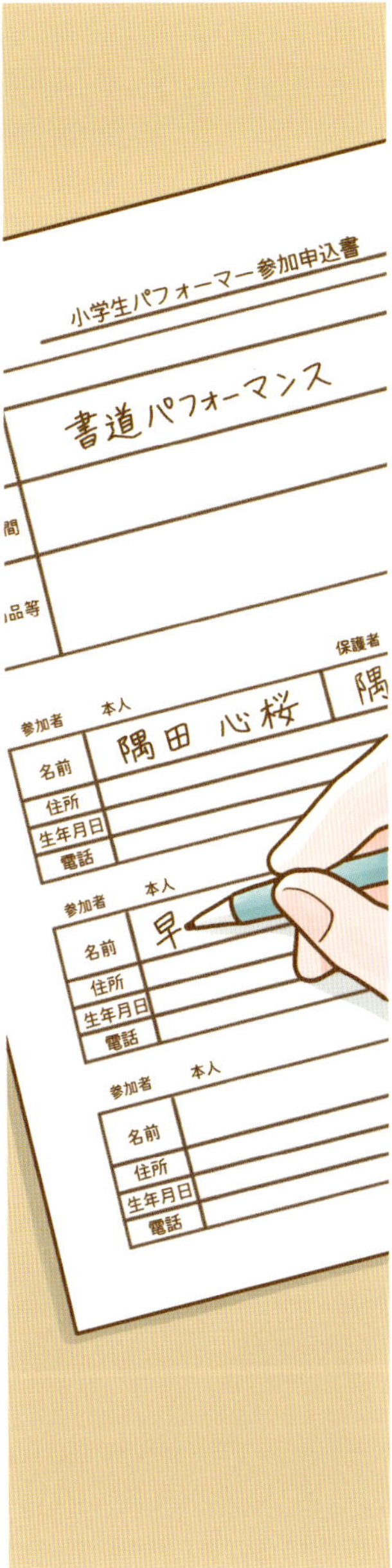

わたしはお母さんに、『秋のコミュニティフェスティバル』の小学生パ

フォーマーの応募《おうぼ》用紙をもらった。『パフォーマンスの種類』の欄《らん》に、きっちりと『書道パフォーマンス』と記入する。

「書道パフォーマンスやるの？」

「お母さん、書道パフォーマンスやるの？」

「テレビで見たことあるよ。大きな筆で字を書くんでしょ？」

「そう！　そうなの！　やるなら、筆井先生が協力してくれるって！」

筆井先生が教えてくれて、書道パフォーマンスの動画をあれこれ観《み》てみた。音楽にあわせ、全身を使って大きな筆で大きな紙に字を書いていく。

こんなにかっこいい書道があるなんて、知らなかった！

筆井先生も、依頼《いらい》されればイベントで書道パフォーマンスをすることがあるらしい。道具もそろっているし、やるなら教えてもらえるとのこと。

参加者の名前を書く欄《らん》があり、わたしは自分の名前を書いたあと、少し考えてから『早乙女大地』って名前も書きたした。

4. それぞれの事情《じじょう》

その日、書道教室に早く行ったわたしは、筆井先生に頼《たの》んで大地くんの部屋に通してもらった。大地くんの部屋は、古民家の奥《おく》のほうにある。

突然《とつぜん》部屋をおとずれたわたしに、大地くんは「何？」といかにも面倒《めんどう》そうな目をドアのすき間からむけてくる。

「これ、出られることになったんだ！」

わたしは大地くんに、『秋のコミュニティフェスティバル』のチラシ、それから審査《しんさ》に合格《ごうかく》した通知を見せた。

「書道パフォーマンス……。は？　なんでぼくの名前があるの？」

「大地くん、わたしといっしょに書道パフォーマンスやろう！」

「やろうって……ふつう、そういうのは応募《おうぼ》する前に聞くもんだろ!?」

それはもちろん、わたしだってそう思うけど。

「聞いたって、大地くんやってくれなそうじゃん。」

「そうだろうね。」

「書道パフォーマンスについて、筆井先生にいろいろ教わったんだよ。」

人前で書を書くことを、もともとは「席上揮毫《せきじょうきごう》」というそう。

古くは江戸《えど》時代に行われていたもので、「書道パフォーマンス」という名前で知られるようになったのは一九九〇年代くらいから。今では、書道パフォーマンスの甲子園《こうしえん》まであるらしい。

「筆井先生も、わたしが大地くんといっしょにやるの、ＯＫだって。」

「ぼくはＯＫじゃない。それにこのイベント、ミソラが――。」

「わたしが何？」

ふいに聞こえた声にハッとする。いつの間にか、わたしの背後《はいご》に背《せ》の高い女の子が立っていた。

ショートパンツからのびる、すらりと長い足。顔の小ささが際立《きわだ》つようなショートヘア。まつげの長いパッチリした大きな目、つるんとした唇《くちびる》。

突然《とつぜん》目の前にあらわれた推《お》し、ミソラちゃんにわたしは口をポカンとあけ、一方の大地くんは眉間《みけん》にしわを寄《よ》せた。

「来てたの？」

「さっき。――あ、そのチラシ、秋に出るイベントじゃん。大地も来るの？」

ミソラちゃんが今ここにいて、明るい口調でしゃべっている。目の前の光景があまりに信じられず、わたしは自分のほっぺたを思いっきりつねった。

その日、レッスンをおえたあと、わたしはお茶にお呼《よ》ばれした。

平屋建ての古民家には部屋がたくさんあり、教室の洋室とはべつの、ソファのおいてあるリビングに通された。

「さっきは、急に話しかけてごめんね。」

ソファに座《すわ》っていたミソラちゃんが、わたしににこりとほほえみかける。

ホンモノのミソラちゃんだ。ミソラちゃんが、わたしに話しかけている！

レッスン中も、夢《ゆめ》じゃないかしらと思いながら『大きな夢《ゆめ》』という字を練習していた。どうやら夢《ゆめ》じゃないらしい。こんな現実《げんじつ》ありうるの？

筆井先生がお茶を出しつつ、「せっかくだし、おしゃべりしたら？」と言ってくれ、なんとか声をしぼりだした。

「か、かっこいいミソラちゃんのファンです！」

かしこまったわたしに、ミソラちゃんはふふっと笑う。かっこいいのにとんでもなくかわいくて、胸《むね》のドキドキがおさまらない。

「ありがとう。……実際《じっさい》は、そんなにかっこよくないんだけどね。」

先生とならんで、ミソラちゃんのむかいのソファに腰《こし》かけた。ミソラちゃんが先生に聞く。

「大地は？」

「自分の部屋にいるみたい。」

ミソラちゃんは、少し残念そうな顔をして肩《かた》をすくめた。

あまり他人の家の事情《じじょう》に首をつっこんでもと、思わなくもなかったけど。

好奇心《こうきしん》に負けて聞いてしまう。

「ミソラちゃんは、大地くんとはあまり会ってないんですか？」

「うん。お仕事もいそがしいし、学校もちがうし、なんていうか、ほら。」

ミソラちゃんは部屋のなかを見まわすようなそぶりをした。

「いっしょに暮《く》らしてないし？」

そうして、ポツリポツリとミソラちゃんは事情《じじょう》を話してくれた。

幼《おさな》いころに両親が離婚《りこん》して、二人はお母さんと暮《く》らしていたこと。

ミソラちゃんが芸能《げいのう》活動をするようになって、お母さんがそれにかかりきりになったこと。

そのころから筆井先生が大地くんの面倒《めんどう》を見るようになり、今年に入ってから大地くんは筆井先生の家で暮《く》らすようになったこと。

「わたしのせいで、大地はここで暮《く》らすことになったわけだしさ。がんばんなきゃいけないとは、思ってるんだけどー……。」

ミソラちゃんは長い手足を投げだすようにしてソファに横になった。

「ちょっと疲《つか》れちゃった。」

そんなミソラちゃんを苦笑《くしょう》するように見て、先生が補足《ほそく》する。

「お母さんとケンカして、家出してきたんだって。」

ミソラちゃんはうつぶせになり、だだをこねるように足をパタパタする。

――わたしは、いつだってかっこいいミソラちゃんが好きだった。

『何がかっこいいかを決めるのは、自分！　それがわたしのルール！』

ネットのインタビュー記事で、そんなふうにこたえているのを読んでから、ミソラちゃんにずっとあこがれてた。

女の子なんだから、と注意されることにもやもやすることが多かったわたしにとって、ミソラちゃんはあこがれで、目標みたいな存在《そんざい》だった。同い年なのに子役やモデルのお仕事をしてるなんて、どんなすごい子なんだろうって、いつも考えてた。

でも、今目の前にいるのは、わたしと同い年、小五の女の子だと実感する。

ミソラちゃんは、大地くんに会いに来たんじゃないのかな。

たくさんお仕事をがんばってるのに、お母さんとケンカしちゃって。さびしくなって、大地くんに会いに来たんじゃないのかな。

わたしはすっくとソファから立ちあがった。

「わたし、ちょっと行ってくる！」

リビングを飛びだして、むかったのは大地くんの部屋。

コンコンコン、とノックして、「大地くん！」と声をかけた。

「やっぱり、いっしょに書道パフォーマンスやろう！」

少ししてドアがうすくひらき、大地くんがすき間から顔を出す。

「……うるさいな。ぼくはそんなの――。」

「やろうよ！　書道パフォーマンスでミソラちゃんを元気づけよう！　応援《おうえん》

しよう！」

「何それ。」

大地くんはげんなりした顔でドアをしめようとする。けど、わたしはドアノブをつかんでそれをとめた。

「ミソラちゃんは今日だって、大地くんに会いに来たんだよ。」

「そんなわけないだろ。」

ドアノブをつかんでひっぱりあっていたら、クスクス笑い声が聞こえた。

「にぎやかだから、様子、見に来ちゃった。」

そんなミソラちゃんに、大地くんはため息まじりに聞く。

「なんか用？」

「べつに、用はないけど……。」

ミソラちゃんは言いよどむような顔になり、大地くんはドアをしめようとする。わたしはすかさず足をはさんでそれをとめた。

「ミソラちゃん！　わたしね、『秋のコミュニティフェスティバル』で、大地くんといっしょに書道パフォーマンスやる予定なの！」

「だから、そんなのやらないって――。」

「書道パフォーマンスって、大きな筆で字を書くやつ？」

わたしがコクコクうなずくと、ミソラちゃんは、ぱあっと顔を明るくした。

「すごい、おもしろそう！」

ドアノブをひっぱる大地くんの力が弱まった。

「大地、書道パフォーマンスやるの？　いいなー！」

前のめりになったミソラちゃんに、大地くんは唇《くちびる》をひきむすぶ。わたしはミソラちゃんに、すかさず聞いた。

「そのときは、ミソラちゃんも見てくれる？」
わたしの言葉に、ミソラちゃんは大きくうなずく。
「見る！　大地のパフォーマンスが見られるなら、わたしもお仕事、がんばるよ。」
大地くんは、わたしとミソラちゃんの顔を見くらべるようにし、それから「もう好きにしなよ」なんてつぶやいて、今度こそドアをしめた。

5. キミのかっこいい

猛暑《もうしょ》がつづいた夏休みも過《す》ぎさり、九月になって四週目の土曜日。

いよいよ、『秋のコミュニティフェスティバル』当日となった。

その日は朝から準備《じゅんび》でバタバタ、うちのお父さんも動員して車に荷物をつみこみ、いざ会場へとむかう。

会場は海のそばの公園で、潮風《しおかぜ》が少し強かったけど、雲一つない晴天。秋というにはまだ少し暑いくらいの気候だ。

会場の広場には、食べもの屋さんの屋台やキッチンカーがずらりとならんでいて、まだ午前中だというのに多くの人が集まっていた。そして、奥《おく》のほうには大きなステージ。今はウクレレサークルが演奏《えんそう》をしている。ステージそでのあたりには腕章《わんしょう》をつけた係の人がおり、お母さんがいるのも見えた。

「すごい、人がたくさんだね！」

ダンススクールに通っていたときも、何度か発表会に出たことがあった。

人前でのパフォーマンスはひさしぶり、ますます楽しみになってくる。

「がんばろーね！」

そう、となりにいる大地くんの肩《かた》を軽くたたいたところ。

大地くんがよろっとした。そんなに強くたたいていないのに、とその顔を見ると、血の気がひいたように白くなっていた。

本番までは、あと三十分以上ある。「朝も早かったし少し休んだら？」と筆井先生にも言われ、わたしは公園内の砂浜《すなはま》まで大地くんをひっぱっていって座《すわ》らせた。

ペットボトルのお茶をわたすと、大地くんはすなおにうけとり、「なんかごめん」とうつむいた。

「車酔《くるまよ》いした？　寝不足《ねぶそく》？」

「車酔《くるまよ》いもしたし寝不足《ねぶそく》だし、むちゃくちゃ緊張《きんちょう》してる。」

大地くんはらしくなく早口で言うと、ペットボトルのお茶を口にふくむ。

夏休みのあいだ、通常《つうじょう》のレッスンとはべつで、わたしと大地くんは書道教室に通った。書道パフォーマンスの特別レッスンのためだ。

パフォーマンスに使える時間は十分。どんな曲にするのか、どんな字をどうやって書くのか、先生のアドバイスをうけながら大地くんと二人でぜんぶ考えて、たくさん練習した。

「練習もしてきたんだから、大丈夫《だいじょうぶ》だよ！」

先週には、うちの親や教室のほかの生徒たちの前で、リハーサルもした。

大きなミスもなく、ちゃんと時間内におさまってた。

「大地くんって、緊張《きんちょう》しやすいタイプ？」

「隅田さんは緊張《きんちょう》とかしなそうだよね。」

「そんなことないよ。でも、今日はすごく楽しみかな！」

そんなわたしに、大地くんは大きなため息をつく。

「人前に出るのが楽しみなんて思ったこと、これまで一度もない。」

「え、一度も？　本当に？」

「授業中《じゅぎょうちゅう》にさされるのだって、好きじゃないんだ。」

学校で、大地くんはたしかにあまり目立たないキャラだ。自分から前に出たり、大きな声を出したりすることもしない。同じ書道教室に通っていなかったら、きっと話をする機会もないままだったと思う。

「それって、何か理由があったりするの？」

「言いたくない。」

「いいじゃん！　話してるうちに、緊張《きんちょう》もほぐれるかもよ？」

大地くんはだまってお茶を飲んでいたけど、やがてペットボトルのフタをしめた。

「……ぼくは、ミソラとはちがうから。」

わたしが目をパチクリとさせていると、大地くんは少しイラッとしたように言葉をつづける。

「隅田さんは、ミソラのことが好きなんだろ。」

「うん。かっこいいし！」

「そのミソラと双子《ふたご》なのに、ぼくは全然ちがうってこと。」

明るくないし、人前に出るのも好きじゃない。

外で遊ぶより、家で本を読んでいるほうが好き。

一人で字を書いているときが一番おちつく。

「ミソラみたいに、かっこいいところなんて何もない。なのに人前でパフォーマンスとか、やっぱり――。」

「あのさ！」

わたしはパッと立ちあがり、大地くんの前にまわった。

「字を書いてるときの大地くん、わたしはかっこいいと思ったよ！」

きょとんとしたようにこちらを見ている大地くんに、わたしは手をふりまわすようにして伝える。

「書道、わたしも最初は地味な感じがしてた。でも、真剣《しんけん》に字を書いてる大地くんはかっこよかった。」

はりつめた空気のなかで、静かに書かれた『雲海』の二文字。

「こういう〝かっこいい〟もあるんだって思った。だから、わたしも書道をやることにしたんだよ。」

大地くんは、何を考えているのかわからないような表情《ひょうじょう》で、じっとわたしを見ていた。うまく言葉が伝わっているのかわからなくて、じれったい。

「ミソラちゃんはミソラちゃんで、大地くんは大地くんじゃん。わたしは、大地くんのかっこいいところを知ってる。だから……くらべなくてもよくない？　わたしには、どっちもかっこいいよ。何がかっこいいかは、人それぞれで、自分で決めたらいいんだよ！」

気がつけば、顔も身体《からだ》も熱くなっていた。そうして、大地くんの顔を見つめていたら。

大地くんが、ぷっとふきだした。

「それ、ミソラのうけうりじゃん。」

大地くんはクスクス笑っていて、わたしはますます顔を赤くする。

大地くんはゆっくりと立ちあがり、その表情《ひょうじょう》を少しやわらげた。

「緊張《きんちょう》、少しマシになった。」

「ホントに？」

「うん。……ありがと。」

すたすたと歩いていく大地くんを、わたしはあわてて追いかけた。

『――それでは、つぎのパフォーマンスのお時間になりました。ミソラさん、ご紹介《しょうかい》お願いできますか？』

女性《じょせい》の司会者にうながされ、ペコッとあいさつしてミソラちゃんがマイクのスイッチを入れる。

『はい。つぎに登場するのは、「筆井書道教室」の生徒さん、隅田心桜さんと早乙女大地さんによる、書道パフォーマンスです！』

わっと拍手《はくしゅ》が送られ、筆井先生の合図をうけて、わたしと大地くんはステージにあがった。

衣装《いしょう》は紺色《こんいろ》のはかまと黒のTシャツ。最高にクール、かっこいい！

ステージには、墨《すみ》が飛んでもいいように事前に透明《とうめい》な養生《ようじょう》シートがはってあった。その中央に、ポールに支《ささ》えられた、わたしたちの身長と同じくらいの高さのある大きな白い画用紙。書道っていうとうすい半紙を下において字を書くイメージがあるけど、今回はお客さんにもよく見えるように、立てた画用紙に字を書くのだ。

紙のそばにおいてある筆立ての筆に、わたしたちはそれぞれ手をかけた。

準備《じゅんび》OKというつもりで、ステージそでのほうを見て合図。

ミュージック、スタート！

曲は、大地くんと二人で選んだ。前にミソラちゃんが好きだとインタビューでこたえてた、『明日《あした》の風の色』という明るい曲。

――♪明日《あした》もキミと会えるから
そんな歌にあわせて、まずはわたしが筆を手にとり、紙にむかった。

筆はいつもの書道教室で使うものよりずっと大きく、黒い墨液《ぼくえき》をふくむとずっしり重たい。背《せ》すじをのばして姿勢《しせい》はまっすぐ、だけど遠慮《えんりょ》なんかしないつもりで、えいやっと大きな紙の右のほうに筆をおいた。

『かがやく　空』

わたしは、前は、ミソラちゃんみたいになりたいとばかり思ってた。

でも、大地くんに言ったとおり。

ミソラちゃんはミソラちゃん、わたしはわたし。
わたしは、わたしなりのかっこいいを目指す。
――♪今日も前をむいて歩いていくよ
つぎのフレーズと同時に、今度は大地くんが筆をとる。

『両手を　ひろげて』

書道パフォーマンスでは、流す曲の歌詞《かし》を書くことが多いらしい。けど、筆井先生は『歌詞《かし》にこだわらなくていい』とわたしたちに話した。

『想像《そうぞう》をふくらませて、このパフォーマンスでどんなことを伝えたいか、考えてみよう。』

最初は、お仕事をがんばるミソラちゃんの応援《おうえん》になるようにと考えた。

でも、こうも思ったのだ。

なんとなくわだかまりのあるミソラちゃんと大地くんの、かけ橋になるような、そんなパフォーマンスになったらいいなって。

チラとステージそでのほうに目をやった。筆井先生、うちの両親、そしてミソラちゃんが真剣《しんけん》な目でこちらを見ている。

そして、わたしのとなりでは、真剣《しんけん》な目をして筆を動かしている大地くん。

『空』という字を書きおえたわたしは、筆を持ちかえた。今度の墨液《ぼくえき》は、青空

のような水色。
水色のインクをたっぷりふくませ、紙の上のほうに筆をおく。

左から右へ、大きなアーチを描《えが》くように！

――♪明日《あした》　ふく風はどんな色
　明日《あした》　キミの世界の色は

曲は一番のサビを過《す》ぎ、二番のBメロまで来ていた。もうあんまり時間がない。一本目のアーチを描《か》きおえ、わたしは筆を大地くんにバトンのようにパスした。大地くんが二本目のアーチを描《か》いているのを横目に、わたしはさらに大きな筆に持ちかえる。

深呼吸《しんこきゅう》。そして。

大地くんが描《か》いたアーチの下のほうに、大きく短めのたて線を書いた。

紙の中央に書く、今回の書のメインとなる字は二人で決めた。

『心』

わたしは、二人の心がつながりますようにってつもりで、この字がいいなと思った。

一画目のたて線を書いたあと、アーチを描《か》きおわった大地くんにバトンタッチ。大きな筆で、大地くんは『心』の二画目を書いていく。上から右下のほうへゆっくりカーブを描《えが》きつつ、最後は内側にはねる。

とっても力のこもった線。
やっぱり、大地くんの字はかっこいい。
大地くんは、どういうつもりで『心』がいいと思ったのかな。
この字を選んだ理由を聞くと、大地くんは『ナイショ』ってこたえた。けど、こんなことは口にした。

『隅田さんっぽい字だし、いいかなって。』

心桜って名前だからだろうか。結局、理由はよくわからなかったけど、大地くんも同じ字を選んでくれたわけだし、まぁいいやってことにした。

筆をうけとり、三画目はわたし。一画目と二画目のバランスを見てあたりをつけ、ぐっと短いはねを書く。

――♪明日《あした》　ふく風はどんな色

　明日《あした》　キミの世界の色は

曲は最後のサビにさしかかっていた。大地くんに筆をわたし、手があいたわたしはじっとしていられず、その場でくるりとまわってステップをふむ。

最後の一画。曲ももうすぐおしまい。

――♪キミがいる明日《あした》を願うよ

大地くんが四画目、しずく形の線を書くのと同時に、音楽も最後の和音の余韻《よいん》をひびかせおしまいになった。

筆井先生、うちの両親、ミソラちゃん、そしてたくさんのお客さんたちが拍手《はくしゅ》を送ってくれていた。

胸《むね》がドキンドキンと鳴る。

書道って、こんなにすごいんだ。

書道パフォーマンスは、書をひろめるためにはじめられたものだと先生に聞いた。わたしもこれまで、書道のことはなんにも知らなかった。

今ようやく、ちょっとだけ、知れたような気がする。

これでもかと手をたたいてくれているミソラちゃんのほうを見た。

わたしたちの思いが、伝わっていたらいいな。

そして、わたしはとなりに目をやる。

大地くんは、わずかに頰《ほお》を赤くして、今さらながら緊張《きんちょう》したような、照れたような顔をしている。すべてがおわって、気が抜《ぬ》けたのかもしれない。

パフォーマンス中、真剣《しんけん》なまなざしで字にむきあう大地くんは、くやしいくらいに、やっぱりむちゃくちゃかっこよかった。
……負けたくない。
もっともっと練習して、わたしもかっこよくなりたい！
わたしたちは視線《しせん》をかわし、できたばかりの書を見せるように立った。
二人で書いたこのかっこいい書が、『心』が、どうかとどきますように。
お客さんのほうにむきなおり、声をそろえて礼をする。
「「ありがとうございました！」」

おはなし
日本文化
ひとくちメモ

遠い昔から書き続けられ、変化してきた私《わたし》たちの文字

**私《わたし》たちがふだん使っている
漢字、ひらがな、カタカナは、
いつ、どうやって生まれたのでしょうか。**

日本の文字の歴史《れきし》

漢字の始まりは、三千年以上前の中国、殷《いん》の時代の亀《かめ》の甲羅《こうら》や牛の骨《ほね》などに刻《きざ》まれた「甲骨文字《こうこつもじ》」や、殷・周《しゅう》の時代の青銅器《せいどうき》に刻《きざ》まれた「金文《きんぶん》」だと考えられています。

その後、秦《しん》の始皇帝《しこうてい》がいろいろな地域《ちいき》の文字を統一《とういつ》し、漢《かん》の時代に「隷書《れいしょ》」といわれる書体が広く使われるようになりました。

そして、その「隷書《れいしょ》」が日々使われているうちに、くずされていって、「草書《そうしょ》」「行書《ぎょうしょ》」が生まれ、それらを整えていって「楷書《かいしょ》」が生まれたといわれています。

さらに、漢字が日本に伝わって、日本独自《どくじ》の「ひらがな」や「カタカナ」が生まれました。

「草書」の点画《てんかく》がさらに省略《しょうりゃく》されて「ひらがな」が、漢字やその一部から「カタカナ」が、平安《へいあん》時代につくられ

たとされています。

平安時代の貴族《きぞく》は、文字を美しく書くことが教養の一つとされていました。こんなに昔から日本では文字を美しく書くことを大切にする文化があったのですね。

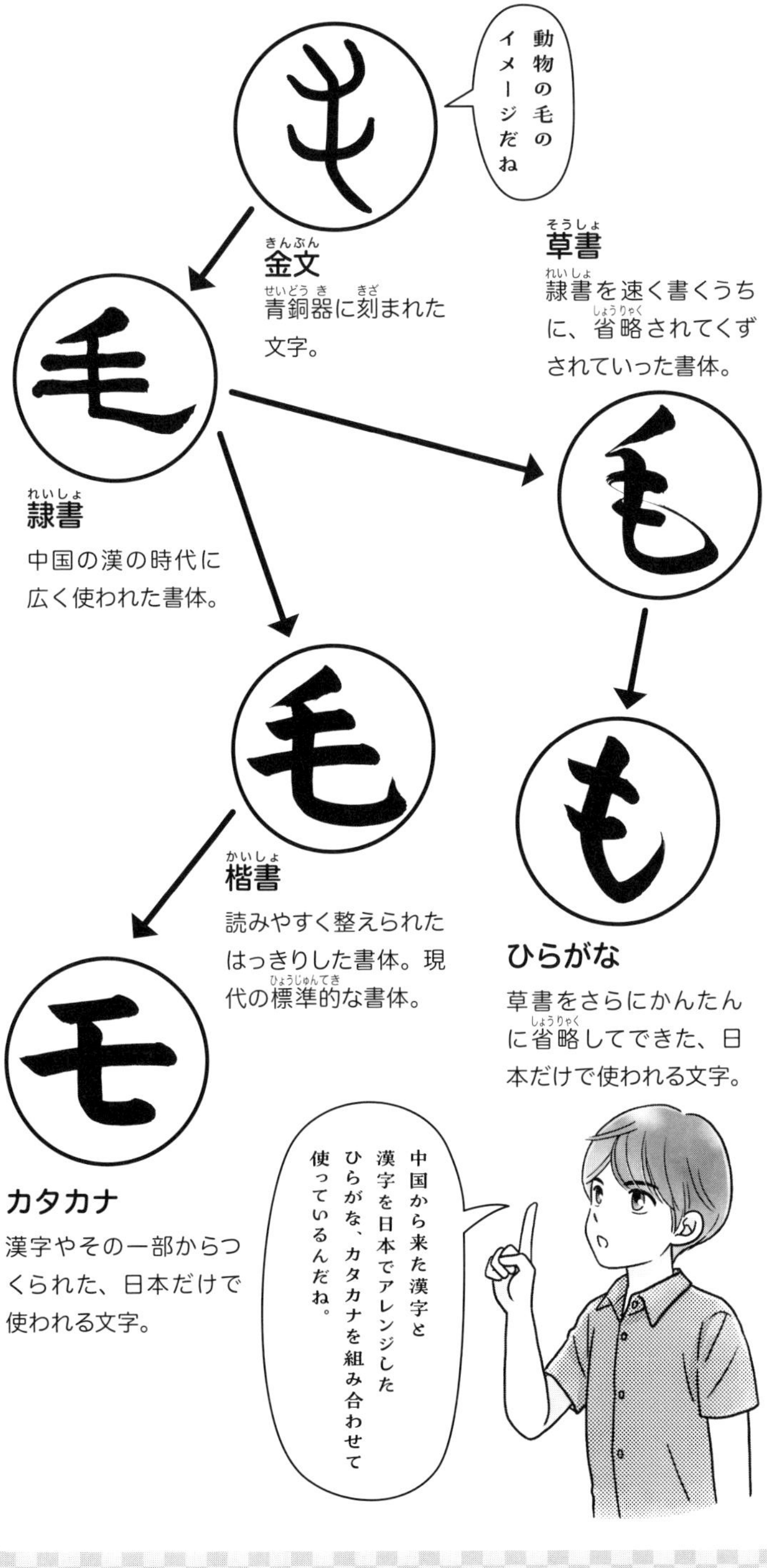

書道の魅力《みりょく》をもっと知りたい！

北村多加《きたむらたか》先生

心桜たちに書道を教える筆井先生のモデルの北村多加先生に聞きました。

書道を習うメリットはなんでしょうか

練習を重ねていくと、「字が上手になった！」「こんな風に書けるようになった！」という成功体験を積めて、自信を持てるようになり、きれいに書こうと気をつけて書くので集中力も高まります。字がうまく書けることは、自分にとって一生の宝物《たからもの》となります。自分の名前は大人になってもずっと書くので、まずは名前をきれいに書く練習から始めるとよいですね。

「書道パフォーマンス」について教えてください

人前で書を書くという意味の「席上揮毫《せきじょうきごう》」のことを、言葉が分かりやすいので、今は「書道パフォーマンス」ということが多いです。

書道パフォーマンスにルールはありません。（高校生の書道パフォーマンス甲子園《こうしえん》は大会なのでルールがあります。）

書道パフォーマンスは神社仏閣《じんじゃぶっかく》での奉納《ほうのう》や、イベントなどで大きな紙に書くことが多いです。書く前に手を合わせたり正座《せいざ》してお辞儀《じぎ》をしたりして始められる方が多いですが、特に決まりはありません。

書道パフォーマンスは、もともと日本の書の文化を世界に広めるために行われた

書道パフォーマンスの正式な名前は「席上揮毫《せきじょうきごう》」といいます。大正《たいしょう》時代から昭和《しょうわ》時代にかけて活躍《かつやく》した書家が、書の魅力《みりょく》を世界に広めようと日本にいるアメリカ人の前で「席上揮毫《せきじょうきごう》」をしたのが始まりではといわれています。

学生のパフォーマンスはダンスや絵も取り入れ、楷書《かいしょ》や行書、草書だけでなく隷書《れいしょ》も取り入れて、各校がアイデアを出して個性的《こせいてき》な書道パフォーマンスを作り上げています。

書道はアートとして世界に広がりますか

書道がアートとして世界に広がる可能性《かのうせい》は無限大《むげんだい》です。国内外ともに、感性《かんせい》も多様性《たようせい》の時代です。古くからある基本《きほん》や書の文化を学び、そこに書き手の想《おも》いや新しい発想を加えた表現《ひょうげん》によって、どんどん進化していくでしょう。

書道教育があるのは日本だけ？

日本の小中学校では「書写」といって文字の正しい書き方を、主に実用的な目的で習います。

高校からの「書道」は美しく書くことを目的とした、芸術要素《げいじゅつようそ》の強い科目となっていきます。

欧米《おうべい》にも「カリグラフィー」といって、文字を美しく書く手法はありますが、ふつうの人が文字をきれいに書くために習ったり練習したりするということはあまりないようです。どちらかというと読めれば問題ない、という考え方が一般的《いっぱんてき》です。

文字の美しさを大切にする文化は日本以外にもあります。中国書道やベトナム書道、アラビア書道も有名です。

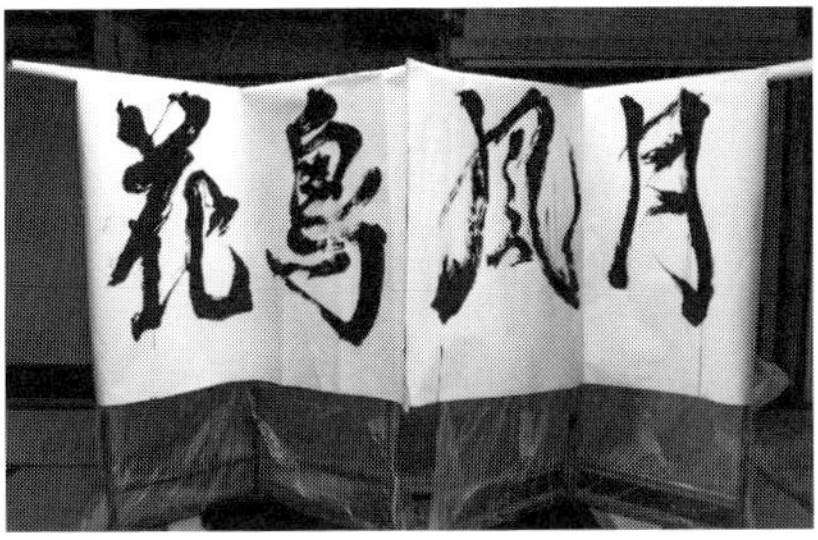

北村先生による書道パフォーマンスでの「花鳥風月」の文字。

書道パフォーマンスはメッセージでもあるので、その場に合う言葉を選ぶことも大切。自然を感じられるつくりの日本家屋での書道パフォーマンスでは、自然の美しい風景を意味する「花鳥風月《かちょうふうげつ》」を選びました。（北村先生）

神戸遥真｜こうべ はるま

千葉県出身。『恋とポテトと夏休み』などの「恋ポテ」シリーズで第45回日本児童文芸家協会賞受賞、『笹森くんのスカート』で令和5年度児童福祉文化賞受賞。ほかの著書に「オンライン・フレンズ」シリーズ（以上講談社）、「藤白くんのヘビーな恋」シリーズ（講談社青い鳥文庫）、「ぼくのまつり縫い」シリーズ、「カーテンコールはきみと」シリーズ（以上偕成社）、『かわいいわたしのFe』（文研出版）、『みおちゃんも猫 好きだよね?』（金の星社）などがある。2023年千葉市芸術文化新人賞奨励賞受賞。

藤本たみこ｜ふじもと たみこ

東京都出身。イラストレーター、漫画家。武蔵野美術大学短期大学部美術科卒業後、少女マンガ誌でデビュー。マンガ作画・イラスト・挿絵・web素材やデザインの制作などを行う。作画を担当した作品に『おはなしSDGs 人や国の不平等をなくそう 明日香さんは負けない』『おはなしサイエンス 美容の科学 神永くんは知っている』（以上講談社）、『なりたい! が見つかるお仕事図鑑』（朝日新聞出版）、『味わい、愉しむきほんの日本語』（実務教育出版）、『図鑑NYAOネコみっけ!』『コミック「生き物の死にざま」』（以上小学館）などがある。

参考資料

・『「書道」の教科書 改訂版 この一冊で、書道からアートまで全部がわかる』
　横山豊蘭／著、実業之日本社、2020 年
・『森大衛のなるほど書道入門　第 1 巻　やさしい漢字を堂々と書くコツ』森大衛／著、汐文社、2006 年
・『中学書写 一・二・三年』宮澤正明ほか／著、光村図書出版、2022 年

取材協力 : 鈴木唯都 様

おはなし日本文化《にほんぶんか》　書道《しょどう》

かっこいいキミと、一筆《いっぴつ》！

2025 年 1 月 28 日　第 1 刷発行

作　神戸遥真《こうべはるま》
絵　藤本《ふじもと》たみこ
監修・書　北村多加《きたむらたか》

発行者　安永尚人
発行所　株式会社講談社
〒 112-8001 東京都文京区音羽 2-12-21
電話　編集 03-5395-3535
　　　販売 03-5395-3625
　　　業務 03-5395-3615
印刷所　共同印刷株式会社
製本所　島田製本株式会社

KODANSHA

N.D.C.913 79p 22cm ©Haruma Kobe / Tamiko Fujimoto 2025 Printed in Japan ISBN978-4-06-538093-2

ブックデザイン／脇田明日香　コラム／編集部

本書は、主に環境を考慮した紙を使用しています。

VEGETABLE OIL INK